1000 Gefühle, für die es keinen Namen gibt

종잡을 수 없는 감정에 관한 사전

1000가지 감정

마리오 지오다노 지음 | 임유진 옮김

xbooks

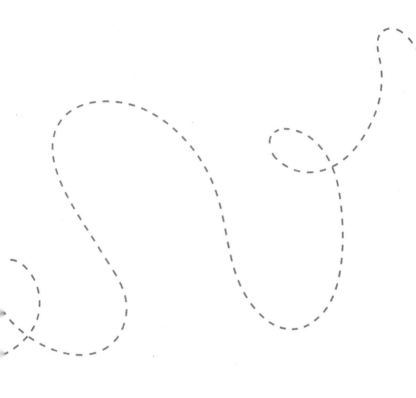

★ 차례 ★

1000 Gefühle:
für die es keinen Namen gibt

**사용제안서
: 일종의 서문
비슷한 것**

집에서나 여행하면서 사용해 보세요.

그냥 책을 휘리릭 들척이다가 감정들을 찾아보는 것은 어때요? (특별히 책의 뒤에 있는 상황별, 키워드별 찾아보기를 권해 드립니다.)

감정들을 각자의 새로운 방식으로 섞어 보세요.

1부터 1000까지 숫자를 아무거나 고르고 그것들을 찾아보세요. 이렇게 찾은 단어와 감정을 일상의 신탁으로 사용해 보는 것은 어떠신가요.

가장 좋아하는 감정의 <베스트10> 리스트를 작성해 보거나 자기만의 감정을 만들어 보는 것도 좋죠.

단, 단박에 적어 내려가야 합니다. 그 감정들이 사라져 버리기 전에 말이죠.

그 후에 다른 사람들과 감정을 나눠 보세요.

2010년 10월
마리오 지오다노

1000 Gefühle:
für die es keinen Namen gibt

1·· 　바다를 처음 봤을 때의 흥분

2·· 　여러 사람 앞에서 말하는 것에 대한 공포

3·· 　그녀가 내 선물을 마음에 들어 하는 것에 대한
　　안도감

4·· 　다른 사람이 안 되는 것을 보고 기분 좋아지는
　　나 자신에 대한 부끄러움

5·· 　(나 말고) 다른 사람들은 잘만 복귀를 하네.
　　부럽다

6·· 　새로운 헤어스타일로 자신감 충전.
　　나, 뭐든 할 수 있을 것 같아!

7·· 　아파 누워 있을 때 모든 사람들이 안쓰러워하며
　　지극정성으로 나를 보살펴줄 때의 심적 안정감

35 ·· 여름날, 뭉근하게 따뜻해지는 발바닥이 나를
기분 좋게 한다

36 ·· 한번 원한 적도 없거니와 필요하지도 않은 능력에
대한 부러움. 그러나 그런 능력을 가진 사람들을
볼 때면 그 압도적인 편안함과 자연스러움에 다만
그들을 부러워하지 않고는 못 배기게 되는 나.
그럴 때 한갓 머글일 뿐인 나는 그저 울고만
싶어진다

37 ·· 앗. 코 파다가 들켰다. 이보다 부끄러울 순 없다

38 ·· 조그맣고 털이 있는 동물들에 대한 공포(이를테면
쥐랄지...)

39 ·· 아내와 유치하게 법석대며 노는 일의 즐거움

40 ·· 연말정산기간이 다가올 때의 초조함

61·· 정말로 잘한 결정이었음을 후에 깨닫고 느끼는
다행스러움

62·· 모든 걸 조금 더 싸게 구하고 말겠다는 야심.
가능하다면 공짜면 더 좋고

63·· 아이처럼 바닥에 쏟아지듯 쓰러져 누워 소리를
지르고픈 마음

64·· 어느 날 잠에서 깼는데 내가 건넛집 흉악한 이웃과
결혼해 있는 거 아닌가 하는 괜한 걱정

65·· 너와 함께 침대에서 아침을 먹다니, 더없이 행복해

66·· 사람들 앞에서 연설을 멋지게 잘 해내는 사람에
대한 동경

67·· 엉겁결에 신청한 데이트, 과연 좋은 생각이었
을까...

207 ·· 눈앞의 소녀를 살짝 꼬집어 보고 싶은 갈망

208 ·· 참았던 분노를 폭발시킬 때의 희열

209 ·· "끝내주는 아이디어다!"
"그런데, 진즉에 누가 떠올리지 않았을까?"
"이걸로 머잖아 부자가 된다거나 하는 거 아냐?"
공.황.상.태.

210 ·· 우리 아이 등교 첫날. 오, 신이시여 왜 저에게 이런
시련을 주시나이까

211 ·· 손녀딸이 나와 판박이일 때의 흐뭇함

212 ·· 아주 옛날 옛적에 있었던 일에 대한 회한

213 ·· 시계를 분해해서 내부청소를 하고 다시 조립.
그리고 그 시계가 완벽하게 작동할 때의 뿌듯함

242·· 말도 안 되는 똑같은 실수를 반복적으로 저지르는 나 자신에 대한 짜증

243·· 최신 아이패드를 향한 끝이 없는 갈망. 아이패드, 아이패드, 아이패드......!!!!

244·· 아무리 머리를 쥐어짜도 '이름'이 생각나지 않을 때의 초조함

245·· 내게 적(敵)이 생긴다는 것에 대한 음울한 만족감

246·· 지각에 대한 공포

247·· 쾰른 대성당을 볼 때마다 드는 경외감

248·· 백만 년에 한 번 있는 일이긴 하지만, 아침 일찍 일어났을 때의 뿌듯함

284 ·· 어려웠던 대화가 마침내 끝날 때의 안도감

285 ·· 꾸질꾸질한 날씨, 침대에서 일어나기 전의
뭉그적거림

286 ·· 과연 저 사람들이 내 말을 제대로 이해를 한 게
맞나 하는 의구심

287 ·· 긴 전화통화 후 귀에 남아 있는 뜨거움.
아직 연인과 함께 있는 것만 같아 행복하다

288 ·· 곧 떠나야 한다는 슬픔

289 ·· 열차에 올라탄, 비를 쫄딱 맞은 개라니·······
부디 내 옆에만 오지 않길

290 ·· 비만 오면 도지는 방랑벽

291 ·· 악당 캐릭터에 대한 알 수 없는 동경

292 ·· 소소한 거 하나하나 전부 신경쓰고 걱정해야 하는
것에 대한 조급함. 그렇지 않으면 당최 일이
제대로 되질 않으니

293 ·· 의사는 아니라 했지만, 이전에 아무도 걸린 적
없던 불길한 질병에 걸렸을지 모른다는 노이로제

294 ·· 이 오후를 어영부영 보내는 것에 대한 허무함

295 ·· 옆에서 잠을 자던 배우자가 갑자기 숨을 쉬지 않을
때는 내 심장이 덜컹

296 ·· "택밴데요~!" 소리의 반가움

297 ·· 사랑하긴 하지만 그의 이상한 습관은 도무지
사랑하기 힘들다

312·· **사고에 대한 격노**

313·· **다시, 활동을 재개하는 것에 대한 자랑스러움**

314·· **내가 생각해도 핏이 사는 수트를 입고 미팅 자리에
나가서 느끼는 우쭐함**

315·· **시간과 장소를 가리지 않고 밤새 시끄러운 파티와
클러버들에 대한 분노**

316·· **제발이 세상이 좀 멈춰서, 이 완벽한 여름날의
오후가 영원하길 바라는 소망**

317·· **딱히 내가 한 일 없이 얻은 성공에 대한 겸연쩍음**

318·· **이제 막 새로 정리된 침대에 미끄러져 들어갈 때.
이런 게 행복이지!**

319 ·· 참지 못하고 결국 남몰래 담배 한 대를 피우고 만 나 자신에 대한 실망

320 ·· 궁극적으로 더 나은 사람이 되는 것에 대한 엄숙한 만족감

321 ·· 친구가 있다는 사실에 감사

322 ·· 나를 공격하듯 찾아온 자기연민이 가져다준 안도감

323 ·· 새로 산 해먹을 놓을 완벽한 장소를 발견한 데서 오는 뿌듯함

324 ·· 항상 고맙다고 말하는 사람들에 대한 불신

325 ·· 젊은 도시여성이 커다란 배낭에다 커다란 물통을 가지고 다니는 것을 볼 때의 생경함

333·· 　내가 제일 빠를 때의 우월감

334·· 　갑자기 유년시절 어떤 날의 아침으로 돌아간 것
　　　 같은 느낌. 익숙한 정겨움

335·· 　즉석사진촬영 부스에 줄을 서서 기대감에
　　　 기다리는 달뜬 마음

336·· 　너무 성급하게 결정해 버린 게 아닌가 하는 걱정과
　　　 후회

337·· 　최종 서명을 마친 계약서를 받아볼 때의 기쁨

338·· 　이미 토하기 직전인데도 또 한번 롤러코스터를
　　　 타고 싶다는 이상하고 비이성적인 충동

339·· 　하나도 안 웃긴 걸 보고 배꼽잡고 웃어대는 유머
　　　 코드 다른 사람들에 대한 놀라움과 실망

340 ·· 운전대를 잡은 건 나인데, 옆에 앉은 여자의
방향감각이 나보다 훨씬 나을 때의 부러움

341 ·· 반쯤 찬 물컵을 보고 절반이 차 있다고 느끼기
보다는 절반이나 없다고 생각하는 사람이지만
그걸 입 밖에 내지는 않는 나 자신에 대한
부끄러움. 말하면 사람들이 나를 구제불능의
비관론자로 볼까봐.
대개 맞는 말을 하지만 굳이 일을 힘들게 만드는
그런 사람. 아니 도대체 누가 그런 사람을 좋아하
겠냐고.

342 ·· 영감(inspiration)이 찾아왔다. 감사히 맞이하리!

343 ·· 페이스북에 게시물을 올리고 '좋아요'가 자꾸
신경쓰인다

344 비행기 좌석 가운데에 끼어 있는 팔걸이를 차지
하려는 보이지 않는 신경전에서 마침내 승리한 후
득의양양

352 ·· 초등 4학년이 멕시코 식당에서 스페인어로 주문을
한다...? 이 정도면 동네방네 자랑할 만

353 ·· 집에 돌아오는 길. 행복한 편안함

354 ·· '이 여자, 도대체 화장실에서 언제 나오는 거지?'
밖에서 기다리는 초조함

355 ·· 진화론에 대한 깊은 거부감

356 ·· 나로선 할 말이 없는 주제에 대해 나의 지적인
친구가 청산유수로 말을 할 때 그 앞에서 주눅드는
심정

357 ·· 사람들 마음을 읽고 싶다

358 ·· 그러나 한편으로는 마음을 읽을 수 없어서
다행이다

359·· 아, 저 미소는 다른 걸 의미했구나, 하는 실망

360·· 매우 오랜 시간이 지나 옛 친구들을 찾게 될 때의
벅찬 감동

361·· 무너져 내리고 있는 내 인생에 대한 두려움

362·· 끊임없이 날씨에 불만을 토로하는 사람들에 대한
피곤함

363·· 첫 번째 데이트날, 상대가 무난한 샐러드가 아니라
오소부코(송아지 요리)를 주문할 때의 만족스러움

364·· 결코 끝나지 않는 악순환에 대한 공포

365·· 내가 내내 지껄인 말들이 모두 헛소리라는 것을
들키기 전에 그녀가 주제를 바꿨을 때의 그
천만다행함이란!

366 ·· 　나를 바람맞힌 남자에 대한 분노

367 ·· 　앞에 있는 남자의 팔에 난 무성한 털......
　넘나 싫은 것

368 ·· 　완벽하게 무난하고 조용한 화요일을 달떠 기다
　리는 마음

369 ·· 　멕시코 사람들은 다 불법이민자일 것 같고, 흑인은
　모두 마약을 파는 것만 같고, 또 중동 사람들은
　죄다 뭔가 의심스럽다는 생각이 든다.
　그래, 나도 이런 내가 부끄럽다

370 ·· 　친구들 중 아무도 찾아와 주지 않았다는 속상함.
　와줬더라면 큰 힘이 되었을 텐데...

371 ·· 　전혀 모르는 사람들인데도 오래된 가족사진을 볼
　때 피어오르는 이 알 수 없는 따뜻한 감정

379 ·· 세상을 보는 법에 대한 꼬마의 슬기로운 통찰력에
감탄이 절로

380 ·· 이제 더 이상 연인을 사랑하지 않는다. 하지만
나의 비겁한 마음은 그 사실을 인정하지 않는다

381 ·· 입만 열면 '머리' '머리'!
탈모가 지상최대의 고민인 남성들에 대한 피곤함

382 ·· 응석받이로 자란 자신에 대한 걱정

383 ·· 부모님과 함께 웃을 때의 기쁨

384 ·· 내가 방귀 뀐 걸 아무도 눈치 못 채기를 간절히
바라는 초조함

385 ·· 노부부가 손을 잡고 걸어가는 모습을 보고, 미래에
나 또한 그럴 수 있기를 소망함

393 ·· 바로 내 앞에서 기어가는 소형차. 계속 깜빡이는
켜고 있다만 결코 차선을 바꾸지 못할 때,
저기요, 뒤에서 저는 어쩌라고요?!

394 ·· 총각파티에 대해서라면 내가 전문가. 자신감으로
승천하는 내 어깨

395 ·· 나도 언젠가는 뭔가 지적인 말 한마디를 할 수
있을 거라는 스스로에 대한 기대감

396 ·· 동료의 성공, 그러나 그게 그럴 만하지 않은 것일
때 쌓여 가는 불만

397 ·· 내 인생은 왜 이리 지뢰밭 같을까, 왜 나한테만
이런 일이 생기는 거야?

398 ·· 잃어버렸던 제일 아끼던 스카프를 찾았다.
할렐루야!

399·· 웨이터에게 건넨 넉넉한 팁. 그걸 가지고 웨이터가
'이 작자, 어지간히 있는 척하네' 하고 생각해
버리는 것에 대한 거슬림

400·· 유쾌한 백일몽 이후 계속되는 좋은 기분

401·· 자기밖에 모르는 내 아이의 이기적인 성격에 대한
실망감

402·· 페이스북에 게시물을 올리고선 시도 때도 없이
사람들 반응을 확인하고 있는 자신에 대한 한심함

403·· 술고래 그녀에 대한 놀라움

404·· 때는 바야흐로 1978년. 나이 지긋했던 선생님 한
분이 핵전쟁이다 뭐다 하면서, 우리들 중 아무도
서른 다섯을 넘기지 못할 거라고 말했던 것에 대한
황당함

405 ·· 기분이 거지 같을 때 내 마음을 알아주는 사람에
대한 반가운 고마움

406 ·· 주방에서 부산스럽게 접시를 덜그럭거리며
아침식사를 준비하는 소리를 들으며 일어날 때의
행복감

407 ·· 제발, 친구가 경찰에게 사실대로 말하지 않기를

408 ·· 훔친 물건을 숨겨둘 만한 적당한 곳을 찾는 일의
어려움

409 ·· 직장상사가 오늘 내가 한 일의 진도를 물어올 때의
긴장과 스트레스

410 ·· 어쨌거나 조금이라도, 단 몇 밀리미터라도 키가
자랐기를 바라는 마음

411 ·· 가장 충성스러운 심복이 나를 배반했을 때의
비통함

412·· 나도 모르게 잠들어 옆사람한테 기대기라도
할까봐 염려스럽다

413·· 영원히 끝나지 않을 것처럼 느껴지던 그날 밤의
공포

414·· 신경 거슬리는 습관이 생겼다는 것을 인정하고
싶지조차 않다

415·· 그녀가 원하는 건 다 해주는 사람이 되고픈 허영심

416·· 부모님이 은근히 거들먹거리실 때마다 거슬리는
내 마음

417·· 페인트칠을 하다가 말라붙은 새똥을 제거하며
삼매경에 빠질 때 느끼는 엄숙한 만족감

418·· 다음 생에 내가 개구리로 태어나게 되면 어쩌나
하는 공포

419 ·· 　내가 입은 수트가 맨인블랙 코스튬처럼 보이진
　　　않을까 하는 걱정

420 ·· 　내가 원했던 바로 그 일을 할 때, 업무에서 느끼는
　　　도취적인 행복감

421 ·· 　야외 콘서트장에서, 그 많은 인파 속에서 나를
　　　한번에 알아보고 찾아내는 그 사람이 좋다

422 ·· 　개를 데리고 다니기는 하면서 그 배설물을
　　　치우지는 않는 사람들에게 치미는 울화

423 ·· 　제발 그 사람이 단명하기를 바라는 소망

424 ·· 　경고 알람 테스트를 하는 동안의 공포스러움

425 ·· 　남에게 상처주는 일의 가학적인 쾌감

426 ·· 타인의 냉장고를 뒤지다가 그들의 생활방식에
대한 결론을 끌어낼 때의 기분좋은 만족감

427 ·· 연인과 함께 보내는 첫 번째 휴가. 좋은데 떨리고,
기대되는데 무섭기도 하다

428 ·· 혹 내가 장발장처럼 억울하게 유죄를 선고받거나
하면 어쩌지 하는 공포

429 ·· 모든 게 다 밝혀지면 어떻게 하나 하는 두려움

430 ·· 이 세상의 타락과 부패에 대해 푸념을 늘어놓을
수 있는 사람이 적어도 한 명이라도 있어 다행이다

431 ·· '어, 저 남자가 왜 나를 보고 웃지?'
알고 싶지만 알고 싶지 않다

432 ·· 그녀가 나의 집에 와줄 것이냐 아니냐를 맘 졸이며
기다리는 긴장감

433·· 하필이면 오늘, 하고많은 날들 중 오늘 이마에
여드름이 나다니! 싫어!

434·· 어쨌거나, 결과가 그렇게까지는 나쁘지 않을 때의
안도감

435·· 너무 일찍 양보하고 말았다는 후회

436·· 하필, 오늘 내리는 비... 하늘에 대한 원망

437·· 준결승 패배의 쓴맛

438·· 모닝커피에 대한 갈망

439·· 저 위에서 이웃들이 도대체 뭘 하고 있는지 생각하
면... 아니다, 생각하고 싶지 않다

440·· 조금은 바보 같은 일을 함께할 때 느끼는, 우리만
아는 즐거움. 비록 다른 사람들은 이해하지
못하고, 대부분의 사람들은 재밌지 않다고
생각할지라도.

441·· 유머감각이라고는 손톱만큼도 없는 사람들에 대한
불가해함

442·· 모임이 끝나고 차로 돌아오자마자 태우는 담배 한
모금에 편안해지는 몸과 마음

443·· 내가 무슨 생각으로 그랬는지는 모르겠지만, 탱고
교습을 신청했다. 떨려서 심장이 밖으로 나올 지경

444·· 밤늦게 감자튀김을 혼자 먹을 때 느끼는 죄책감과
자기혐오

445·· 나도 언젠가는 상냥한 마음을 가진 리더가 될 수
있기를

446 ·· 새로 태어날 아이가 갖게 될 엄청난 재능을
설레는 마음으로 떠올려본다

447 ·· 바닷가에서 수영복이 벗겨질 때의 당혹스러움

448 ·· 말끝마다 스마일 이모티콘을 붙이는 것에 대한
짜증:(

449 ·· 아니 이렇게까지 차려 입었는데도 클럽에 들어갈
수 없다니. 분노게이지 급상승

450 ·· 내가 한 거지만, 아무리 생각해도 그 거짓말은 참
잘했다

451 ·· 연인과의 스킨십이 그립다

452 ·· 책이나 잡지에서 오자를 발견할 때의 분노

453 ·· 전화번호를 물어보고 싶은데 자꾸만 자꾸만
망설이게 만드는 이 죽일 놈의 부끄러움

454 ·· 딸아이가 해오는 영특한 질문들에 느껴지는 전율

455 ·· 나 자신의 멍청함에 분통이 터진다

456 ·· 나의 무신경한 말로 다른 사람의 마음을 상하게
했다는 죄책감

457 ·· 내가 한 짓이 있는데, 그럼에도 불구하고 사람들이
나에게 안녕 하고 인사를 해줄 때의 감동과 놀라움

458 ·· 문득, 내가 생각 이상으로 부모님을 닮았다는
사실을 깨닫게 될 때의 실망

459 ·· 술집 밖에서 담배를 피우며 서로에게 추파를
던지는 사람들에 대한 동경

460·· 자리에 나만 남겨두고 다들 나가 버리는
흡연자들에 대한 원망

461·· 절친들과 어울려 노는 일의 즐거움

462·· 그냥, 특별한 이유 없이 싫은 사람들이 있다는
신비한 인간관계사전

463·· 일할 때 느끼는 기쁨

464·· 무언가를 시작한다는 것에 대한 두려움과 막막함

465·· 지금 당장, 꼭 결정을 내려야 하는 순간엔 그냥 다
포기해 버리게 된다

466·· 빨간색 긴급버튼을 누르면 어떻게 될까? 불끈
솟아나는 궁금증

467·· **저 꼬맹이 머리를 한 대 쥐어박고 싶은 충동,**
가까스로 참아보지만 통제하기 도무지 어려운

468·· **연주 중에는, 그것도 피아니시모일 때는 기침하지**
말란 말이야!!!!

469·· **당신이 내 아내가 되길, 평생을 기다렸어**

470·· **굉장히 중요한 것을 잊어버렸을 때의 낭패감은**
말로는 다할 수 없다

471·· **수염부심. 내 턱수염 좀 멋있지 않냐**

472·· **이 말도 안 되게 멍청한 이메일에 답장을 쓰고 있**
다니. 이런 내가 싫어질 지경이다

473·· **외국어로 불만사항을 접수하는 일의 자..자신없음**

474 ·· 살면서 항상 부당한 일을 당하는 것에 대한 억울함

475 ·· 아무도 내 두려움을 눈치채지 않았으면 하는 바람

476 ·· 드디어 지하실 청소를 하고, 오래된 운동비법
책들을 내다버릴 때의 홀가분함

477 ·· 눈싸움에서 지다니. 약 올라!

478 ·· 선물에 대한 기대. '뭘 받게 될까?'

479 ·· 느닷없이 떼를 쓰기 시작하는 아이에 대한 실망과
짜증

480 ·· 방에 들어온 거미를 눌러죽이지 않고 살짝 들어
밖으로 내보냈다. 어쩐지 좋은 일을 한 것 같은
기분

481 ·· 쯧.... 숙취에 시달리고 있는 내가 딱하다

482 ·· 가게들이 다 문을 닫았을 때의 막막함.
아... 이제 어디 가지?!

483 ·· 비어 있는 종이를 앞에 두고, 머릿속이 하얘지는
공황상태

484 ·· 문득 동생에게서 나의 모습이 보이는 날이 있다.
그럴 때 갑자기 피어오르는 애정

485 ·· 소파에 함께 푹 파묻혀 서로에게 기대는 일의 행복

486 ·· 죽음을 배울 때의 공포

487 ·· 다음 달 정기세일을 학수고대

488 ·· 　아이를 비난했던 것에 대한 후회

489 ·· 　나이가 들었을 때, 혼자가 아니면 좋겠다

490 ·· 　(나에게 과분한) 이 행운의 연속이 머잖아 끝날 것
　　　이라는 걱정

491 ·· 　어느 날 아침, 겨드랑이 께에서 응어리가 만져
　　　진다. 우왕좌왕 패닉상태

492 ·· 　"지체하지 말고 어서 고쳐 봅시다"라고 하는
　　　의사의 말에 전전긍긍

493 ·· 　잠깐이나마 마치 악당이라도 된 듯, 센 척을
　　　해보는 만족감

494 ·· 　지척에서 벌어지는 폭력범죄를 보고만 있을 때의
　　　복잡한 심정

502 ·· 가장 좋아하는 밴드의 해체소식. 식음을 전폐하고
슬퍼하는 중

503 ·· 단칼에 거절했다. 단호박 빙의에 대한 뿌듯함

504 ·· 경제적으로 풍요롭게 사는 동생, 혹은 언니에 대한
부러움

505 ·· 풍족하지 못한 나라에서 가난하게 사는 사람들을
보면서, 적어도 나는 슬럼에서 자라지는 않았다는
사실에 감사

506 ·· 가장 아끼는 코트의 보풀을 보고 난리 블루스

507 ·· 함께 보낼 휴가에 대한 설레는 기대감

508 ·· 내가 세상에서 제일 두려운 것은... 지루함이다

509·· 세계규모의 음모론에서 내가 바로 핵심인물이라는 근자감

510·· 내가 잠꼬대로 혹시라도 비밀을 누설하지는 않을까, 아니라면 나도 모르는 사이 이름을 밝히거나 하지는 않을까 하는 걱정

511·· 초인종이란 초인종은 죄다 눌러 버리고 싶어 근질근질

512·· 심판을 향한 분노게이지 상승중

513·· 착한 요정님에게 온갖 소원을 다 빌고 난 후에, 아차, 세계평화는 이야기하지 않았다는 사실에 죄책감이...

514·· 친구들의 지나친 칭찬. 민망함보다는 기쁨이

515·· 해외여행 가서 그곳 사람들에게 사진 좀
찍어달라고 말하는 게 나는 그렇게
쑥스럽더라······?

516·· 딱히 노력하는 것 같지도 않은데 늘 성공하는
친구를 향한 질투

517·· 다른 나라에서도 내가 늘 먹던 그 음식들을 먹을
수 있다는 사실에 깊은 안심. 물론 우리 엄마가
해주던 맛만큼은 아니겠지만, 그래도.

518·· 오늘 일하러 가기 싫다!

519·· 시퉁머리 터지는 꼬마애를 상대해야 할 때 치미는
화

520·· 이불 속에서 몰래 과자를 먹은 흔적을 보고 피식
나오는 웃음

521 ·· 오래 알고 지내던 친구가 갑작스럽게 고백을 해올
때의 당황스러움

522 ·· 화를 못 이기고 울어버린 후에 찾아오는 평온함

523 ·· 뭐가 됐든 인생에서 이미 많은 걸 이뤘다는 사실에
대한 만족감

524 ·· 하지만 때로 그게 과연 무슨 가치가 있기는 한
것인가 하는 회의감

525 ·· 휴가계획을 짜는 중에도 불현듯 찾아오는
향수병의 습격

526 ·· 산악자전거를 타다가 중간에 그만두지 않았다는
사실에 대해 느끼는 승리감

527 ·· 또 다시 내 자신이 과소평가되었다는 사실에 대한
격분

528 ·· **작은 호의에 느끼는 큰 감동**

529 ·· **시작도 전에 그만둬야 할 때의 절망감**

530 ·· **외국 사는 사람들은 다 영어를 쓰는 줄 알았는데,
그렇지 않다는 사실을 알았을 때의 충격**

531 ·· **쇼핑카트에 그득한 정크푸드 중에서도 변변찮은
세일상품으로 산 사과가 가장 부끄러운 느낌**

532 ·· **감기에 걸려서 집안에 혼자 앓아 누워 있을 때
휘몰아치는 자기연민**

533 ·· **늘 보는 것도 아니고, 어쩌다 한번 보는 텔레비전
이건만 순 거지 같은 방송만 나올 때의 짜증**

534 ·· **자잘하게 만들어 놓은 공산품 포장에 대한
번거로움**

542 ·· 상급생 남학생에 대한 부러움

543 ·· 어정쩡하게 쿨한 건 피곤한 일이다

544 ·· 그들이 언제고 나를 위해 있어 주었으면 하는 바람

545 ·· 산 채로 땅에 묻히는 것에 대한 공포

546 ·· 누군가 개의 목줄을 단단히 잡고 있어주는 것에
대한 고마움

547 ·· 새치기해 들어오는 사람들에 대한 분노

548 ·· 망가진 물건에 대한 아쉬움

549·· 설령 그렇게 한다고 해도 충분히 납득할 만한
상황에서 그가 길길이 날뛰며 화내지 않아 준
것만으로 감지덕지

550·· 술집에서 너무 이른 시간에 쫓겨나는 것에 대한
분함

551·· 마침내 혼자 있을 수 있게 됐다. 비록 화장실
일지라도, 평화롭다

552·· 애들이 자기네끼리만 놀고 나를 안 끼워 줄 때의
서운함

553·· 그게 거짓말이었다는 것을 차마 인정하지 못하는
두려움

554·· 이번만큼은 결코 그녀를 실망시키지 않길 바라는
소망

555 ·· 명민한 자기 자신에 대한 만족

556 ·· 여자의 가슴을 똑바로 바라보게 되었는데, 그녀가
내 시선을 알아차렸을 때의 민망함

557 ·· 내가 멋있게 준비했던 말을 다른 사람에게
빼앗기면 화가 나서 정말 할 말이 없다

558 ·· 늘 우려하던 딱 그대로의 일이 벌어졌을 때,
씁쓸함과 동시에 찾아오는 자유

559 ·· 쇼핑센터의 북적거리는 사람들 속에서 새삼 불거
지는 인간혐오

560 ·· 줬던 마음을 잠깐 다시 가져올 때의 통쾌함

561 ·· 처음으로 모래언덕을 걸으며 바닷가에 난 풀 냄새
를 맡는 것의 기분 좋은 흥분감

569 ·· 헉. 앞으로 3주 동안의 휴가를 보내야 하는 이탈리
아의 이 작고 사랑스러운 숙소에, 인터넷이 없다는
당혹스러움

570 ·· 3월, 봄을 맞아 베란다에 호스로 물을 뿌리면서
문득 느껴지는 행복감

571 ·· 더 이상 고통이 느껴지지 않아 놀랐다

572 ·· 그런데 그 고통이 아주 잠시 후에 바로 느껴지는
것에 또 놀랐다

573 ·· 전화가 걸려오는데 발신자로 상사의 이름이 뜰
때의 불편함

574 ·· 뜬금없는 청혼에 어리둥절

575 ·· 나... 사랑한다는 말을 너무 자주하는 거 아닐까?
하는 걱정

576·· 샤워 끝, 외출준비 끝. 빨리 나가고 싶어 안달
복달

577·· 나를 보호해야 하는 상황에서 혹시나 다른 사람을
해치게 되지는 않을까 하는 두려움

578·· 재미없는 글로 도배된 페이스북 타임라인을 넘기
는 일의 지루함

579·· 타고나기를 좋은 몸매를 타고난 나의 친구에 대한
부러움

580·· 그리고 내가 아무리 노력한다고 한들 결코 그 아이
몸매처럼은 될 수 없다는 사실에 좌절

581·· 수북이 쌓인 지로용지에 느껴지는 왠지 모를
답답함

582 ·· 윤회의 개념에 내가 모르는 다른 뭔가가 있을지
모른다는 걱정

583 ·· 거울에 비친 내 모습에 만족.
그래, 이 정도면 됐지 뭘...

584 ·· 죽음에 대한 공포

585 ·· 낯선 사람이 지어 보내는 미소를 받을 때의
기분좋음

586 ·· '이 가망 없는 프로젝트를 다들 어째서 그냥 계속
진행하는 거지?' 사람들의 무책임한 태도에 분노

587 ·· 재앙에 대해 책임질 사람, 탓할 사람이 없을 때
의 무력함

588 ·· 단번에 모든 걸 잃어버리면 어쩌나 하는 우려

589·· 함께 나의 고통을 나누어 가져주던 사람에 대한
그리움

590·· 내가 하는 이 질문으로 괜히 일이 시끄럽게 되는
건 아닐까 하는 걱정

591·· 저기 바깥, 햇볕 아래 있는 사람들에 대한 부러움

592·· 오늘 집밖에 안 나가도 된다는 기쁨! 방바닥에 착
달라붙어 있어도 된다~

593·· 그곳에 도달하는 데 얼마나 많은 시간이 걸리
는가...에 대한 절망감

594·· 그리고 돌아오는 건 얼마나 금방인가...하는 것에
대한 절망감

595·· 계획에 없는 아이로 태어나서 사는 고통

596 ·· 생각지도 못한 사람이 나를 좋아하고 있음을 깨달
았을 때의 충격

597 ·· 우리 아이의 저런 부분은 도대체 누굴 닮은 거지?
미스터리다

598 ·· 이제 막 퍼붓기 시작한 비를 딱 만나는 나의
박복함이여...

599 ·· 짐가방 없이 여행 다니는 즐거움

600 ·· 너무나도 평범한 내 자신에 대한 황량함

601 ·· 오늘 저녁 어쩌면 그녀와 조금 진도가 나갈지도
모르겠다는 기대감

602 ·· 연인과의 문자는 해도 해도 끝이 없다

603·· **올해 처음으로 햇볕에 그을린 것에 대한 만족감**

604·· **그리고 이 일광화상에 대한 약간의 부끄러움**

605·· **어쨌거나 결국 나에겐 '큰 그림'이 있다는 포부**

606·· **장애인을 볼 때의 불편한 마음**

607·· **그리고 이런 마음이 든다는 것에 대한 수치스러움**

608·· **새로 이사 간 집에서 누가 어떤 방을 쓸 것인지에 대해 여동생이 해대는 말도 안 되는 주장에 뻗치는 분노**

609·· **보물찾기를 시작하기 전의 조바심**

610 ·· 　이렇게나 평범하고 특출한 것도 없는 나를,
그럼에도 불구하고 그렇게 사랑해 주는 것에 대한
감격과 기쁨

611 ·· 　내가 가진 유별난 점에서 부모님이 떠오를 때 문득
감상에 잠기게 된다

612 ·· 　어쩌면 모두에게 충분하지 않을 수도 있겠다는
걱정

613 ·· 　신발을 신으면서 일부러 내 신경을 거슬리게
하려는 듯 꾸물거리는 아이를 향해 스물스물
올라오는 짜증

614 ·· 　오덕의 부심(너드인 게 자랑스럽다)

615 ·· 　멤버가 되지 못한 실망감

616 ·· 　실제보다 훨씬 쿨한 척 행동하는 것에 대한
부끄러움

617·· 매번 똑같은 남편의 농담, 하지만 그걸 들을
때마다 웃는 나

618·· 내 아이에게 혹시라도 무슨 일이 생기면 어쩌나....
자식 걱정은 24시간이 모자라

619·· 몇십 년 전 모습 그대로인 방부제 동창에게 느끼는
부러움

620·· 새로 이사 간 집에서 보내는 첫날 밤의 외로움

621·· 이유야 뭐가 됐든 그녀가 약속을 지키지 않았다는
씁쓸함

622·· 가장 좋아하는 노래가 라디오에서 나올 때의
반가움

623·· 약물치료가 먹히지 않을지 모른다는 두려움

631·· **마침내, 삶에서 내가 있어야 할 곳을 찾았다는 안도에서 오는 행복**

632·· **어쩐지 내 라이벌과 비슷한 점이 있는 사람들에 대한 선망**

633·· **이제 막 따끈하게 튀겨낸 내 미트볼을 가로챈 고양이에게 치미는 분노**

634·· **남편이 자랑스럽다. 그저 바라보는 것만으로...**

635·· **나의 충실함에 대한 못미더움**

636·· **남에게 도움이 되었다는 충만한 만족감**

637·· **이 모든 게 다 착각이었다는 낭패감**

638 ·· 기다리고 기다리던 소식을 전해들은 후의 안도감

639 ·· 옆 테이블에 앉아 친구들끼리 즐거운 시간을 보내는 한 무리의 사람들을 향한 부러움

640 ·· 줄 서서 기다리는 일의 초조함

641 ·· 휴, 아무도 나에게 질문을 하지 않아서 다행이다

642 ·· 프로젝트가 오갈 데 없이 완전 교착상태에 빠져버린 것에 대한 막막함

643 ·· "가볍게 하이킹" 하자더니, 나보고 웬 무시무시한 구렁에 로프를 매달아 올라가라고?
남편의 거짓말, 내가 화를 안 낼 수가 없다

644 ·· 생각지도 못했던 일시적 유예에 밀려오는 안도감

645 ·· 저 다른 세상의 낙원에서 우리를 기다린다는 일흔
일곱 명 처녀들에 대한 (아주 약간의) 부러움

646 ·· 이 모든 반향이 향하는 곳이 바로 내가 되는 일의
두려움

647 ·· 집에 가서 모든 걸 고백해야 한다는 사실에 대한
공포

648 ·· 잠이 오지 않는 밤, 부정적인 생각들에 하릴없이
잠식당하고 마는 무력함

649 ·· 내가 준비한 선물은 완전히 엇나간 것이었다는
낭패감

650 ·· 계속해서 전화를 해대는 여자친구가 있는 직장
동료에 대한 부러움

651 ·· 그리고 그 동료의 여자친구가 전화해서는 자기
남자친구가 왜 아직 집에 오지 않는 거냐며 이유를
물어댈 때 내 맘속에 사악하게 피어오르는 기쁨

652 ·· '집에 언제 와?' 전화해 물어보는 사람이 내게는
없다는 사실에 불현듯 밀려오는 슬픔

653 ·· 거짓말을 하는 일의 언짢음

654 ·· 일을 마무리 한 후의 만족감

655 ·· 저기 저쪽에서 사람들이 뭐라고 말을 하고 있는지
도통 알 길이 없어 답답하다

656 ·· 애도 있으면서 위험한 공구함을 너무도 부주의
하게 두는 이웃에게 느끼는 섬뜩함

657 ·· 성당에서 봉헌 촛불을 밝힌 후 이내 평온해지는
마음

658·· 내 기분 좋자고 남을 괜히 칭찬하고 추켜세운 것 같아 민망하다

659·· 내가 촌철살인 질문을 했다는 것에 대한 뿌듯함

660·· 쓰잘데없는 전화 때문에 잠이 깼다는 사실에 벌컥 올라오는 화

661·· 드디어 구급차가 왔다는 사실에 밀려드는 안도감

662·· 비행기에서 안전수칙과 위기상황에 대한 정보를 읽고 있으려니 자꾸만 사고가 상상되어 아찔하다

663·· 만연한 위선에 느끼는 절망감

664·· 아이가 보여 주는 무조건적인 신뢰에 뿌듯함

665 ·· 경기장에서 한목소리로 응원을 할 때의 짜릿함

666 ·· 모두가 "그만 보내줄 때"라고 말하지만, 그러나
도무지 나는 그럴 수가 없는 미련

667 ·· 그러나 막상 포기하고 나니, 이 얼마나 쉬운
일이었나 하는 놀라움

668 ·· 마구 쏟아지는 비판 세례 앞에 애들처럼 뻗대고
반항하게 되는 유치함

669 ·· 그녀로부터 대답을 듣지 못했다는 부끄러움

670 ·· 이해받는 일의 고마움

671 ·· 물건을 슬쩍했을 때의 짜릿함

679 ·· 　이 모든 게 다 부모님 때문이다. 원망스럽다

680 ·· 　아무것도 바꿀 수 없다는 무력한 절망감

681 ·· 　마감이 코앞인데도 또 하루를 이렇게 날려 버렸
　　　다는 사실에 끓어오르는 자기혐오

682 ·· 　파티를 떠나면서 붕붕 떠 있는 기분 좋은 이 느낌

683 ·· 　도움을 줄 수 없다는 무력함

684 ·· 　아버지에 대한 자랑스러움

685 ·· 　이미 어른이 된 자녀들이건만, 여전히 물가에
　　　내놓은 듯 불안하기만 하다

686‥ 깜빡하고 빨래를 널지 않고 그대로 통 안에 둔
채로 하루를 보냈다. 내가 이러려고 빨래했나
자괴감 들고 괴로워...

687‥ 해외여행을 갔다가 집에 돌아오는 길에 잔뜩
과자를 사는 일의 즐거움

688‥ 텔레비전에 내내 나오는 전쟁 이야기에 그토록
무심한 내 자신에 대해 어쩔 땐 소름이 끼친다

689‥ 설핏 맡은 향 냄새에 갑자기 떠오르는 괴로운 기억

690‥ 이 불쾌한 일을 어서 해치워 버리고 싶다는 조급함

691‥ 심각한 부채의 위기가 턱밑까지 차오르기 직전까
지도 모두가 그냥 즐겁게만 지내고 뭐 어떻게든
되겠지 하는 생각으로 지내왔다는 사실에 대한
참을 수 없는 분노

692 ·· 어쩜, 나의 고향은 달라진 게 하나도 없다는 사실
에 충격에 가까운 놀라움

693 ·· 청소년이 책 읽는 광경에서 느껴지는 한줄기 희망

694 ·· 교사로서의 권위가 없는 선생님을 업신여기게
되는 마음

695 ·· 내가 보낸 이메일에 답장을 받지 못할 때의 초조함

696 ·· 그냥 지나가는 말로 건넨 한마디, "다음에 밥이나
먹자!" 이 말을 설마 다큐로 받진 않겠지?

697 ·· 어린시절 오래 길렀던 개에 대한 그리움

698 ·· 엄청 냉정했던 좀 전의 내 모습. 나에게도 이런
면이 있구나 놀라움

706 ·· 아니 어떻게 하면 나한테 이렇게 말도 안 되는
선물을 줄 수가 있는 거지? 생각만으로도 또 화가
나네. 자고로 애인이라면 적어도 나를 이것보다는
더 잘 알아야 하는 거 아니야?

707 ·· 어쩜 떠벌이와 허풍선이는 언제고 나보다 재빠
르지? 씁쓸하다

708 ·· TV를 보면서 아무리 착한 영웅이라도, 그가 다른
사람을 고문하는 장면에 괴로움은커녕 만족감을
느낄 때, 나 이래도 되는 건가 하는 부끄러움

709 ·· 좀비 게임에 대해 십대들이 하는 말을 옆에서
우연히 듣게 될 때의 아찔한 충격

710 ·· 인생의 위기를 극복해 냈다는 뿌듯함

711 ·· 그녀의 문 앞. 벨을 누를까 말까 누를까 말까
누를까 말까 누를까 말까 누를까 말까...

712·· '남자들끼리의 주말'... 그런 거 보내고 싶지
않은데, 빠져나올 마땅한 구실이 생각나질 않아
괴롭기만 하다

713·· 맙소사, 딸 친구의 부모가 너무 엉망이라서 화가
난다

714·· 더 많은 내적인 평안을 찾기를 바라는 마음

715·· 매력적인 웨이트리스에게 건넨 넉넉한 팁으로도
그녀의 마음을 얻지 못했을 때의 실망감

716·· '나... 좀 괜찮은 사람인 거 아니야?' 내가 좋아지는
생경한 경험

717·· 돌아버리게 지루한 이 파티에서 빠져나갈 고상한
변명거리를 찾는 필사적인 몸부림

718·· 토사물에 범벅이 되어서 길에 뻗어 있는 술 취한
사람들을 보며 교차하는 짠함과 불쾌함

719·· 내 앞에 산처럼 쌓여 있는 아직 못 끝낸 외국책들
을 보면서 막막하기도 하고 두렵기도 하고

720·· 여자친구는 그냥 내 기분 탓이라고 말하지만,
어쩐지 나는 아주 오래 전에 이미 뭔가에 감염이
된 것 같다는 그런 확신이 내게는 있다

721·· 내 페이스북에 아무도 아무 댓글을 남기지 않을
때의 비통함

722·· 힘들고 괴로운 이별 이후, 홀연 찾아오는 평정

723·· 시험이 끝난 후의 해방감

724·· 첫 번째 데이트 전의 미칠 듯한 긴장감

725·· **이토록 완벽한 오후에 대한 만족감**

726·· **그저 한번 본 것만으로 그녀가 나를 위험할 것도 없고 재미랄 것도 없는 사람으로 분류했다는 사실이 씁쓸하다**

727·· **지금 있는 그대로, 모든 게 다 좋다. 행복하다**

728·· **다른 사람의 불능을 웃음거리로 삼았던 것에 대한 부끄러움**

729·· **오늘밤 그냥 이대로 카지노로 달려가서 내 모든 돈이란 돈을 다 '28'에 걸어 버릴까 하는 기이한 충동**

730·· **사람이, 어떻게 이렇게까지 엉망진창일 수 있는가 하는 불가해함**

731·· **비밀을 가진 사람들이 부럽다**

732·· 위대한 예술작품 앞에서 느끼는 압도적인
경외감

733·· 부모님을 잃는 애통함

734·· 또다시 부모님께 손을 벌려야 할 때의 수치심

735·· 좋았던 옛시절에 대한 애틋한 그리움

736·· 전화기 너머 그녀의 목소리를 들을 때의 안도감

737·· 문의전화는 왜, 걸 때마다 상담원이 모두 통화중
일까? 끝도 없이 길어지는 대기시간에 폭발직전

738·· 내가 지나치게 가볍게 접근하는 건 아닐까 하는
우려

739 ·· 오늘은 기필코 첫키스를 해야지 굳은 다짐으로
결연해지는 마음

740 ·· 과속차량 단속에 걸릴까 노심초사

741 ·· 고양이 털에 코를 박을 때의 행복

742 ·· 나에게 사실은 일란성 쌍둥이 형제가 있는데, 그가
연쇄살인범 같은 걸로 어디선가 인터폴에 쫓기고
있는 거라면 어쩌지... 하는 상상과 걱정

743 ·· 그토록 사랑하던 사람이 하루아침에 남처럼 돌아
설 수 있다는 사실에 충격

744 ·· 내 가진 전부를 줄 때의 충만감

745 ·· 반에서 뭘 해도 항상 늦된 나에 대한 자괴감

746·· 흑마술을 써서라도 누군가를 얻고 싶은 간절함

747·· 지금 이 순간을 붙들어 놓을 수 없다는 무력함

748·· 생각지도 못했던 사랑의 맹세에 대한 당혹감

749·· 어느 순간, 이 모든 게 갑자기 단순해질 때의
경이로움

750·· 이번에도 또, 팁을 지나치게 많이 받을 때의
불쾌함

751·· 오늘 하루도 금연 성공! 만족스러운 하루

752·· 내가 해준 그 좋은 충고들이 하나 소용없는 게 될
때의 실망감

760 ·· 부모님 침대로 기어들어가서 잠들 수 있을 때
느끼는 행복감

761 ·· 부모님이 갈라선 이유가 나 때문이라는 참담함

762 ·· 부족함 없이 자란 아이들이 끊임없이 징징거리는
것에 대한 짜증

763 ·· 사랑하는 사람이 나보다 세상을 먼저 떠나는 것은
슬프다기보다는 화가 나는 일이다

764 ·· 난생처음 들어보는 칭찬에 감격스러움

765 ·· 잠에서 깨어서는 한 삼십분 정도는 더 졸아도
된다는 사실에 느끼는 나른한 즐거움

766 ·· 일방적으로 그 사람 전화를 끊어버린 것에 대한
미안함과 후회

767·· 생각없이 상처주는 말에 느끼는 깊은 유감

768·· 기대도 안 한 사람이 변통을 해줄 때의 놀라움

769·· 나에게도 누가 조언을 좀 구해온다면 성심성의껏
대답해 줄 텐데!

770·· 지금 그 사람이 정확히 무슨 생각을 하고 무슨
감정인지를 알고 있다는 편안하고 익숙한 이 느낌

771·· 자칫 잘못했으면 방금 목숨을 잃을 수도 있었다는
아찔함

772·· 나는 마치 손에서 모래가 빠져나가듯 돈이 다
빠져나가는데, 절약정신 투철한 나의 친구는 항상
모든 걸 싸게 잘도 사는 것에 대한 부러움

773·· 주변에서 나를 유쾌하고 느긋한 사람이라고 생각
한다는 것에 대한 놀라움

774 ·· 나의 친절함은 사실 전부 '연기'일 뿐이라는
수치심

775 ·· 여름의 어느 날 저녁, 20년 전 바로 그 장소에서
느끼게 되는 처연함. 게다가 그 사이 누군가를
만나지 않았다면 더더욱.

776 ·· 다른 사람의 사소한 위반에 불같이 화나는 마음

777 ·· 운명은 반드시 나에게 도움의 손길을 내밀어 줄
것이라는 희망

778 ·· 내 인생 최고의 날에, 별달리 느껴지는 게 없음에
대한 실망감

779 ·· 오늘은 함께 점심 먹을 누군가가 있다는 반가움

780 ·· "대박"이라는 말을 내가 방금 또 했다는 사실을
믿을 수 없다. 대박...

781·· 무언가에 대해 설명을 하고, 이해받는 일의 기쁨

782·· 기차에서 전화통화를 하고 있는 어떤 사람에 대한
막연한 부러움. 저 사람은 어쩐지 현실적이고, 늘
숙면을 취할 것 같고, 휘파람도 잘 불 것만 같다...

783·· 의사 선생님이 내 이야기를 참을성 있게 들어
준다는 사실에 느껴지는 일종의 안도감

784·· 내 묘지가 나의 비상구가 될지도 모른다는 두려움

785·· 선물이라고 받았지만 이미 그 안에 뭐가 들었는지
알고 있을 때 팍 김이 샌다

786·· 내가 가르친 학생의 성공에 덩달아 내가 당당
해진다

787·· 반대하는 사람 하나 없이 모두가 순순히 따를 때
오히려 덜컥 겁이 난다

788·· 받고 싶은 선물 목록 1순위에 있던 것을 받지 못한
실망감

789·· 교실에 앉아 창밖을 내다볼 때 드는 생각, '방학이
언제더라...?'

790·· 안전운전 하지 않는 아빠, 저러다 급정거해서 뒤따
라오던 운전자가 핸들에 코를 박지나 않을까
노심초사

791·· 실패에 굴하지 않고 바로 이어서 또 한번 시도를
해보는 결연함

792·· 내 신체적 허약함에 진저리가 난다

793·· 수의사에게 진찰을 받을 때 제발 좀 내 고양이가
가만히 있어주기를 바라는 마음

794 ·· 어제는 나의 절친이던 아이가 오늘은 새롭게 장만
한 다른 절친과 어울릴 때의 서운함과 고독함

795 ·· 초대를 거절한 친구를 기어이 부르기 위해 필사
적으로 적당한 말들을 떠올리는 일의 절박함

796 ·· 괜찮아, 결국에는 다 괜찮아질 거라는 희망

797 ·· 내가 가진 모든 걸 나누는 기쁨

798 ·· 아주 형편없는 호텔에서도 초와 스카프만으로
아늑한 분위기를 만들어 내는 아내의 능숙함에
대한 존경과 사랑

799 ·· 산책이 길어지자, 물을 조금밖에 안 가져온 게
아쉬워진다

800 ·· 새로 이사온 이웃을 계단에서 마주치기 싫은 마음

801·· 도전에 대한 갈망

802·· 다른 사람들은 충고나 도움 없이도 잘만 사는
구나...하는 실망감

803·· 내 아이가 학교에서 공연하는 모습을 볼 때
느껴지는 사랑스러움

804·· 학교에서 공연을 하는데, 객석에 앉아 크리스마스
트리에 켜진 불처럼 얼굴이 발갛게 달아오른
부모님을 볼 때의 민망함

805·· 아무리 시간을 많이 써도 실제로 뭐 해놓은 일이
없다는 사실에 내 자신이 싫어진다

806·· 혼자만의 생각이긴 하지만 어쨌거나 나는 훌륭한
댄서라는 자신감

807 ·· 밤길을 걷는데, 앞에 가는 여자가 어쩌면 나를
스토커 내지는 치한으로 여기고 있을지도 모르
겠다는 생각에 불편해지는 발걸음

808 ·· 더 이상 나에게 인사를 하지 않는 사람들에 대해
드는 복잡하고 당혹스러운 심경

809 ·· 결혼식 피로연에서 줄곧 이상한 음악선곡을 하고
있는 DJ에 대한 분노

810 ·· 결코 얻을 수 없는 것에 대한 동경

811 ·· 이 프로젝트가 어떻게 되든 말든 다른 사람들은
신경도 안 쓸 때의 무기력한 분노

812 ·· 좋아하는 삼촌 앞에서 뻔뻔하게 으스댈 일이
생겼을 때의 자부심

813 ·· 일생에 다시 안 올 기회를 놓치고, 심지어는 시도 조차 하지 않았다는 것에 대한 씁쓸한 아쉬움

814 ·· 우연히라도 그 사람을 만날 수 있지 않을까 하는 기대

815 ·· 우유부단한 가족여행 계획에 대한 짜증스러움

816 ·· 먼 훗날 언젠가, 나도 저기 있는 저 여자처럼 되는 거 아닐까 하는 공포

817 ·· 화창한 어느 날 새로 산 모터사이클을 타고 여기 저기 돌아다닐 때, 그 모습을 본 사람들이 나를 얼마나 멋지다고 생각할까? 상상만으로 날아갈 듯한 기분

818 ·· 꽁꽁 얼어버린 발이 영영 녹지 않을 것만 같은 이 아득한 느낌

819·· 문득, 먼저 떠나보낸 사랑하는 사람이 떠오르는
일의 고통스러움

820·· 세상에서 오로지 나만 스마일 이모티콘:-)을
사용하지 않는다는 것에 대한 자기만족감:-D

821·· 지금 이 순간, 어떤 근심도 없다. 행복하다

822·· 그러나 지금 이 순간이 너무 빨리 지나가 버리는
건 아닐까, 두렵다

823·· 위층에 사는 생판 모르는 사람과의 원나잇을
꿈꾸는 욕망

824·· 사람들이 그렇게 말하는 "좋았던 옛시절"을 나는
겪어본 적이 없음에 대한 아쉬움

825·· 나이를 먹으며 차차 내적인 평온함을 얻게 되기를
바라는 소망

826 ·· 마침내 복잡하던 문제가 풀리고, 선명한 해답을
얻을 수 있게 된 것에 감사할 따름

827 ·· 간단해도 너무 간단한 것들을 설명해야 한다는
사실에 짜증

828 ·· 영화 <건축학 개론>은 왜 볼 때마다 눈물이
날까...

829 ·· 그에게 내가 너무 못되게 굴었던 것에 대한 후회

830 ·· 매사에 빡빡하고 자의식이 강한 남자들을 볼
때마다, 내가 여자인 것이 새삼 다행스럽다

831 ·· 게이가 되고 싶다

832 ·· 개를 데리고 가던 주인이 개똥을 밟는 것을 볼 때,
남의 불행에 느껴지는 묘한 쾌감

833·· 손톱을 물어뜯는 내가 싫다

834·· 제일 친한 이성친구로부터 번지점프 1회권을
선물로 받고, 그 높은 사다리를 올라가면서 느끼는
긴장과 떨림

835·· 좋은 친구가 만들어 준 맛없는 저녁식사를 어떻게
든 칭찬할 방법을 찾고자 하는 무력하고 소용없는
시도

836·· 다행히 부모님이 소리를 지르고 욕을 하지는 않으
셨다는 안도감

837·· 딱! 정곡을 찌르는 일의 기쁨

838·· 계속해서 사랑에 빠지는 일에 대한 두려움

839·· 내가 가진 전부를 다 쏟아냈다는 만족감

840 ·· 우는 아이를 보고, 저게 어떤 느낌이었더라... 하고
떠올릴 때 소환되는 오래된 고통의 느낌

841 ·· 또다시 모든 게 나에 대한 음모론으로 귀결될 때의
절망감

842 ·· 다음 발작이 언제 다시 올지 모른다는 두려움과
공포

843 ·· 내가 그렇게 힘들게 싸워온 모든 것을 내 동생들이
쉽게 이뤄내는 것을 보고 문득 분한 마음이 든다

844 ·· 십대 자녀의 고통을 덜어주고 도와주고 싶은데,
그럴 수 없는 무기력함에 대한 괴로움

845 ·· 이보다 더 좋을 수 없는 제안을 거절한 것에 대한
후회

846 ·· 검사결과가 '음성'으로 나온 것에 대한 안도감

847 ·· 제발 단 하루만이라도 아프지 않은 하루를 보낼 수 있었으면 하는 소망

848 ·· 일들이 마침내 방향을 틀어 좋은 쪽으로 향하고 있음에 대한 감사

849 ·· "조금 따끔할 거예요"라는 치과의사의 말을 들으면 내 머릿속은 하얘진다

850 ·· 손주들의 방문을 기다리는 마음

851 ·· 생각지도 못했던 위로를 받을 때의 감동

852 ·· 배고픔/피로함/화장실 가고 싶음/목마름

853 ·· 내가 나를 바꿀 수 없다는 절망감

854 ·· 이 차로 과연 우리가 '디즈니월드'까지 갈 수 있을 것인가 하는 걱정

855 ·· 부모님이 꼭 안아줄 때, 그리고 그렇게 안은 채 나를 놓아주지 않을 때 기분 좋다

856 ·· 화가 날 정도인 나의 게으름

857 ·· 기필코 잡초를 뽑으리라는 꽤 단호한 결심

858 ·· 재림절 달력을 열어보기 전의 긴장감

859 ·· 당연히 칭찬세례를 받을 줄 알았는데, 도무지 그럴 기미가 없을 때의 실망감

860 ·· 길거리에서 일어나는 무지막지한 패싸움에 대한 공포

861·· 　새롭게 칠한 벽을 보면서 느껴지는 행복감

862·· 　나에 대한 칭찬의 말에 대한 영원한 불신.
　왜냐하면 나라는 사람은 어쨌거나 칭찬하고
　자시고 할 구석이 없기 때문에

863·· 　날더러 허영심이 많다고 하는 것에 대한 분개

864·· 　일생을 같이할 반쪽을 특별히 찾아 헤맨 것도
　아닌데, 어쨌거나 결국은 그런 사람을 만나게
　되었다는 놀라움

865·· 　늘 다른 사람한테 선수를 빼앗기고 밀려나는데,
　이걸 내내 모르고 있다가 너무 늦게 알아채는 건
　아닐까 하는 걱정

866·· 　증인으로 참석한 법원에서 고소장이 읽혀지는
　것을 들을 때 잘못한 것 없이 쫄아드는 마음

867 ·· TV퀴즈쇼에 나간 아들이 절체절명의 중요한 문제를 가지고 전화 찬스로 나에게 전화를 걸어 질문을 한다면 그야말로 나는 멘탈이 붕괴되고 말 것이라는 공포감

868 ·· 일생에 단 한 번이라도 정신줄 놓고 비이성적으로 행동해 보고 싶다는 욕망

869 ·· 다른 사람들은 이미 다 뽑히고, 마지막으로 겨우 팀의 일원이 된 데에 대한 수치스러움

870 ·· 남들도 나와 마찬가지로 다들 자신의 결점과 평생 싸우며 사는구나... 한편으로는 안심이 된다

871 ·· 세상 모든 동정을 선점한 피해자들에 대한 부러움

872 ·· 길에서 미처 알아보지 못하고 엄마를 그냥 스쳐 지나가지는 않을까 하는 우려

873·· **장염에 걸린 첫째날 밤에 느껴지는 이..이건 뭐지? 고독함?**

874·· **내가 얻는 게 정말 이것뿐임을 깨달은 후의 환멸**

875·· **다른 사람한테 이 잘못을 다 떠넘길 수 있으면 얼마나 후련할까!**

876·· **도덕적으로 탄핵대상이 된 사람들에 대한 증오**

877·· **저쪽에서 사람들이 나에 대한 이야기를 하고 있었 다는 사실에 대한 불편함**

878·· **비록 그녀는 떠났지만, 우리 사이에 사진 이상의 것이 남아 있길 바라는 건 무리일까?**

879·· **나이 먹을수록 점점 체력이 저하됨을 느낄 때의 씁쓸함**

880·· 나한테 중요한 이야기를 듣고 있는 와중에 잠이
들어버렸다는 부끄러움

881·· 나를 그냥 놔줬으면 싶다가도 또 그냥 놔주면
아쉽고... 복잡한 심경

882·· 그저 다 잘 되기를 바라는 마음에서 한 건데,
그렇게 받아들여지지 않을 때의 속상함

883·· 내 친구가 나에 대해 그 정도까지 높게 생각해
준다는 것에 대한 놀라움

884·· 그냥 아는 사이였던 우리가 이번 기회에 진짜
친구가 되었음에 얼마나 행복한지!

885·· 하필이면 내가 셋 중에 둘째라는 이 운명에 화가
나는 마음

886·· 직장동료가 자꾸 친한 척 옆구리를 꾹꾹 찌르는
통에 화가 벌컥

887 ·· **일요일에 알람 설정을 꺼놓지 않은 남편에게 하이킥**

888 ·· **언제고 나한테 뭐가 제일 좋은지 이미 자기들이 알고 있는 듯한 사람들. 제발 그만 좀...**

889 ·· **요리법 설명을 할 때마다 "간단하다"는 말이랑 "적당히"라는 말은 좀 그만했으면 좋겠다**

890 ·· **나와 얘기를 하면서 똥 씹은 듯한 표정을 하는 저 사람, 뭐지? (지문: 책상을 쾅 친다)**

891 ·· **극장에 와서 조잘대는 학생들 무리를 향한 분노**

892 ·· **내 발표 순서 바로 직전, 셔츠에 튄 소스자국을 발견하고는 신경질이 확**

893 ·· **그 사람이 또! 뒤에서 나를 떠밀 때의 분노**

894·· 모두가 좋아라 하는 터무니없는 슬로건들을 보면
나는 화가 난다

895·· 이 다툼과 분쟁이 아직 지나간 게 아니라는 공포

896·· 내 아들이 나중에 커밍아웃을 하면 어쩌나 하고
두려워했던 자신에 대한 부끄러움

897·· 다행히 모든 걸 다 망쳐 버리진 않았다는 일말의
안도감

898·· 십대인 내 아이에게 온 버릇없는 답장을 받아 본
후의 참담함

899·· 파퀴아오가 이번엔 또 어떻게 상대를 때려눕힐까?
두근두근

900·· 비행기에 커다란 휴대용 가방을 들고 탄, 심지어
덩치마저도 커다란 저 남자가 너무 싫다...

901·· 사소한 거짓말이었지만, 들켰을 때의 수치스러움

902·· 와, 내가 그녀를 무조건적으로 사랑하는구나 하는 것을 불현듯 깨달았을 때의 충격

903·· 낯선 공간에서 뜻밖에 느껴지는 편안함

904·· 누군가가 죽었다는 소식에 안심이 되면 안 되는 거지만...

905·· 크리스마스를 기다리는 일의 고통스러움

906·· 나를 너무나 잘 알고 있는 친구들에게 문득 애정이 밀려온다

907·· 내가 꿈을 꾼 거였을까, 실제로 그 일이 있었던 걸까? 모호함과 불확실함

908·· 　내 민낯을 보고도 예쁘다 말해주는 그 사람, 나를
　　　정말 사랑하나 봐!

909·· 　바다에서 스노클링을 할 때 바닥에 발이 닿지 않는
　　　깊이에 대한 공포

910·· 　깊이 생각해 보지도 않고 별로 공통점도 없는
　　　사람들을 계속해서 저녁에 초대하고서 이내
　　　후회를...

911·· 　내 안의 이 공허와 허무가 언젠가는 다시 채워질
　　　것이라는 소망

912·· 　나도 모르는 사이에 내가 내 자신을 우스개로
　　　만들다니, 어이없다

913·· 　끝까지 러닝머신 시간을 채웠다는 사실에 대한
　　　승리감

914 ·· 화장실에서 볼일을 보고 손을 씻지 않는 사람들을
볼 때의 불쾌함

915 ·· 앞으로 많은 날들을 우리는 이렇게 함께 앉아 있을
것이라는 사실에 대한 안도감

916 ·· 오랜 투병생활 끝에 마침내 혼자서 걸음을 내딛게
되는 일의 형언할 수 없는 기쁨

917 ·· 그 많은 사람을 놔두고 하필이면 나에게 찾아온
무력한 분노

918 ·· 꼴보기 싫게 얄미운 동료를 속이고 나서, 대만족!

919 ·· 괜한 내기를 해서 벌칙음식을 먹으며 후회하는
쓸데없이 용감한 치기

920 ·· 고양이의 알 수 없는 표정 앞에서 늘 쩔쩔매는 나

921 ·· **사람들이 치켜세워줄 때의 우쭐함**

922 ·· **더 이상 즐거움을 느낄 수 없는 것에 대한 심상함**

923 ·· **일흔셋의 어머니가 생애 처음으로 이메일을 하는
것을 보고 느껴지는 뭉클함**

924 ·· **게임에서 너무너무너무 아깝게 졌다. 억울해서
잠이나 잘 수 있을까!**

925 ·· **도무지 고쳐지지 않는 나의 이 빌어먹을 소심함에
밀려오는 분노**

926 ·· **나이를 먹으니, 실제로 전보다 뭐가 뭔지 더 잘
알게 된다는 사실에 안심이 된다**

927 ·· **내가 아직도 아이인 줄로만 아시는 부모님. 나를
아이 다루듯 대하실 때의 답답함**

928·· 아내와 정확히 똑같은 꿈을 꾼 것에 대한 기묘한
불안감, 그리고 꺼림칙함

929·· 인터넷쇼핑 후 손꼽아 기다리게 되는 택배 아저씨

930·· 흠.. 부모님이 나를 바자회에서 물물교환으로 팔아
버리면 어쩌지 하는 공포

931·· 생각지도 못했던 내 편을 만나는 일의 기분좋은
놀라움

932·· 이 시련이 결국 나를 구원해 줄 것임을 믿는다

933·· 서로 못 잡아먹어 안달인 두 사람이 삼류 토크쇼에
나와 상대를 찢어발기는 걸 보면 공포에 가까운
불안함이 엄습한다

934 ·· **세련된 술집에서, 젊은 웨이터의 놀라운 친절함에 자신감 급상승**

935 ·· **이 실수는 결코 되돌릴 수 없다는 절망감**

936 ·· **내가 진짜 능숙하게 잘할 수 있는 일을 하게 될 때의 안정감**

937 ·· **아주 오래전에 극복했다고 생각하는 내 성격적 결함에 대한 경멸**

938 ·· **쉽지 않은 상황에서 능숙하게 주차를 한 내 자신에 대한 뿌듯함**

939 ·· **기대하지 않았던 훌륭한 취향에 대한 경탄**

940 ·· **모든 것을 송두리째 바꾸어 버릴 그 편지에 대한 공포**

941·· 다른 커플들도 우리처럼 다들 싸우며 산다니,
다행이다

942·· 도무지 어떻게 사과해야 할지... 그저 막막하기만
하다

943·· 공항에 나를 마중나온 사람이 없다니... 슬프고
실망스럽다

944·· 하품을 멈출 수가 없다. 어쩌지?!

945·· 거짓 우정에 대한 분노

946·· 사람들이 나를 좋아해 줬으면 좋겠다. 연인끼리의
사랑, 그런 거 말고

947·· 언제쯤 그의 기준에 부응하며 살 수 있을지...
기대에 미치지 못하는 애물단지가 된 절망감

948·· 저놈의 오래된 사랑노래, 생각나는 거라곤 그때
나를 떠나 버린 사람뿐인데. 싫어 죽겠다

949·· 집안 대청소를 앞둔 설레는 기대감

950·· 온라인 데이트 사이트에서 만나게 된 상대와의 첫
데이트 날, 밀려오는 실망감

951·· 단 한 번도 나를 이끌어 준 적 없는 부모님,
흙수저로 태어난 것에 대한 원망스러움

952·· 어느 날 갑자기 투명인간이 된 것 같은 불안한
동요

953·· 지루하기 짝이 없는 파티에서 사람들이 귀가 따가울 정도로 쉴 새 없이 이야기하는 것에 넌덜머리가 난다

954·· 일상의 소박한 즐거움

955·· '내가 가스레인지를 끄고 나왔던가?' 나도 나를 못 믿겠다

956·· 남편이 나에게 충분한 위로가 되어 주지 못할 때의 실망감

957·· 혼자서 다 해낸 날의 성취감

958·· 어쩜 사람이 이렇게 냉정하냐고 물아붙임을 당하고서 문득 나에게 어떤 문제가 있는 건가 하는 생각이 들 때의 낭패감

959 ·· 난생처음 보는 사람 옆에서 눈을 뜨는 일의 뿌듯함
(응?)

960 ·· 나를 불행하다고 느끼게 만드는 짜증나는 광고들
에 대한 분노. 나, 괜찮거든?!

961 ·· 참 부질없게도 침착하려고 애써 노력하는 그를
보며 느끼는 왠지 모를 고소함

962 ·· 그녀가 사랑은커녕, 사실은 나를 좋아하지조차
않는 거 아닌가 하는 의심이 들 때의 불안함

963 ·· 식당에서 모르는 사람들과 테이블을 나눠 앉는
일의 불편함

964 ·· 친구들로부터 마침 딱 맞는 좋은 충고를 얻을 수
있게 된 데 대한 안도감

965 ·· **좀처럼 울리지 않는 전화에** 실망

966 ·· **싸움 이후 찾아온 평화로운 조화와 안정**

967 ·· **가게에서 물건을 슬쩍하다가 잡혔으면 하는 이상한 바람**

968 ·· **온갖 세심한 것까지 신경쓰는 내 꼼꼼한 성격에 대한 자랑스러움**

969 ·· **휴.. 적어도 사람들이 나를 비웃지 않았다는 것에 대한 안도감**

970 ·· **앞으로 새로운 친구를 만나는 일은 아마도 없지 않을까 하는 씁쓸함**

971 ·· **아무것도 아닌 사소한 오해에 뒤따르는 초조와 불안**

972 ·· 몹시 견고하고 실용적인 무언가를 만들어 냈다는
뿌듯함

973 ·· 내가, 초대받지 못하는 그 단 한 사람이 되는 일의
씁쓸함

974 ·· 언젠가 그날은 꼭 올 것이라는 확신과 기대

975 ·· 나를 외국인으로 봐줄 때의 뭔지 모를 뿌듯함

976 ·· 형편이 넉넉지 않은 사람의 초대를 받아, 너무
많은 음식을 대접받을 때의 복잡불편한 마음

977 ·· 여행 가이드 없이도 오로지 현지인만 아는 궁극의
여행 팁을 스스로 찾아냈을 때의 쾌감

978 ·· 내가 입양된 아이일지도 모른다는 걱정

979 ·· 작은 생명체들에 대한 감정이입. 왜냐하면
끊임없이 나 자신을 바로 그 자리에 대입시키고
있기 때문에...

980 ·· 단 한 번이라도 내가 스스로 정한 기준과 요구에
맞춰 사는 것에 대한 성취감

981 ·· 내 비록 교회를 떠난 지 오래지만 아직 예배순서를
까먹지 않았다는 만족감

982 ·· 어쨌거나 그녀가 그때 나에 대해 한 말이 다 맞는
게 아닐까 하는 걱정

983 ·· 이룬 건 많은 것 같은데 정작 내가 진심으로
그것을 즐기고 감사하지 않는다는 사실에 대한
부끄러움

984 ·· 즉흥적으로 결정을 내리긴 내렸다만, 이게 잘하는
짓인지 아닌지...

985 ·· 전혀 의식하지 못하고 있던 사이에 엄청 잘못된
길을 멀리도 와버렸다는 것에 대한 짜증

986 ·· 모두가 나를 좋아하는 건 아니구나 하는 걸 깨달
았을 때의 충격이란...

987 ·· 다른 누구처럼 되고 싶은 게 아니고 그냥 나는
나이고 싶다는 것을 문득 깨달았을 때 찾아오는
마음의 평정

988 ·· 내가 한 실수를 스스로 용서하는 일의 소중함

989 ·· 청명한 여름날 저녁 부모님과 함께 마시는 차가운
화이트 와인 한 잔. 서로 아무 말 하지 않아도
행복하기만 하다

990 ·· 마침내 나의 과거를 뒤로 하고 나아갈 수 있음에
한결 편해진 마음

991··   이번 주말도 또 아무도 만나지 않고 그냥 보냈다는
         잉여의 느낌

992··   외국에서 나의 모국어가 들려올 때의 반가움

993··   이 거래에는 수상한 뭔가가 있는 것 같다는 의심

994··   뜻밖의 횡재를 하게 되는 기쁨

995··   기쁨의 눈물을 한 바가지 흘린 뒤 진이 다 빠졌
         지만 그럼에도 행복하다

996··   올해 처음으로 먹는 빙수. 설렌다~!

997··   야채를 탕탕탕 썰고서 어쩐지 유명 세프라도 된 것
         같이 느껴지는 자기만족감

998 ·· 노래방에서 흉한 모습 보이지 않고 중간에 노래를
잘 끊었다는 것에 대한 만족감. 특히 아이유의
삼단고음 바로 직전에

999 ·· 내가 애초에 싫어하던 작업을 완벽하게 말아먹
었을 때의 환희

1000 ·· **다 썼다! 마지막 문장을 끝낸 기쁨과 성취감**

☆ 감정 찾아보기 ☆

- 상황별로 찾아보기
- 키워드로 찾아보기

1000 Gefühle:
für die es keinen Namen gibt

친구와

나를 곤란하게 하는 친구 9, 158, 250, 462, 521,
795

새 친구 사귀기 10, 256, 931

고맙다 친구야 50, 240, 268, 271, 405, 514, 670,
964

동창회는 안 하는 걸로 145, 356, 552, 619, 945

부러우면 지는 건데 166, 345

친구가 있어 문득 행복한 순간이 있다 117, 157,
430, 461, 639, 884, 906

회사에서

미생의 삶 57, 171, 176, 191, 224, 302, 409, 472,
518, 519, 523, 524, 558, 573, 588, 629, 755,
811, 870

마감의 끝을 잡고 104, 275, 332, 483, 644, 681,
805

야망의 신입사원 56, 110, 141, 175, 180, 281,
498, 499, 527, 557, 605, 659, 801, 859, 986

머글로 태어난 죄 29, 36, 57, 242, 273, 292, 341,
396, 470, 474, 586, 886

프리젠테이션 못하는 자의 비애 2, 66, 272, 625,

성격

울렁증 2, 164, 165, 284, 431, 432, 515, 928

근자감에는 정말로 근거가 없다 14, 25, 69, 131,
180, 342, 450, 471, 509, 555, 583, 716, 806,
820, 934, 977, 997, 998

삐뚤어졌다는 소리 좀 들어본 당신 4, 63, 85,
119, 203, 219, 324, 423, 425, 497, 694, 832

소심함 끝판왕 17, 26, 41, 59, 60, 133, 206, 255,
328, 341, 606, 696, 862, 866, 925, 979, 984

알뜰한 당신 62, 772

사람은 얼마나 부끄러울 수 있을까 167, 279,
391, 444, 531, 556, 734, 774, 880, 896, 901

누구도 시키지 않은 고민 34, 38, 45, 47, 48, 53,
64, 73, 112, 130, 154, 172, 183, 276, 277, 412,
418, 510, 536, 545, 575, 696, 742, 978

이런 걸 싫어해도 될지 모르겠지만 349, 367,
378, 381, 399, 508, 534, 541, 712, 889, 900,
953

어떤 감정

**감정 키워드로
찾아보기**

옮긴이 후기

하루종일 괜찮았는데 어느 순간 눈물이 툭, 하고 터져 버린다. 다른 때는 장난으로 잘도 웃고 넘기던 말이 귀에 걸려서 눈을 흘긴다. 무언가 집어낼 순 없지만 나를 불편하게 하는 것이 뭉근하게 나의 기분을 잠식한다. 가시 돋친 말을 한다. 웃어주고 싶지 않다. 상대가 불편함을 느끼길 원한다. 그러나 나는 나쁜 사람은 아니다. 나는 평소에는 꽤 괜찮은 사람이다. 그냥 그럴 때가 있다. 그러나 왜 그런지, 무엇이 나를 그렇게 만들었는지 그 지점에 손가락을 갖다대는 일은 쉽지 않다. 그러므로 가까운 사람이 나에게 왜 그래 무슨 일이야 묻지 않기를 바란다. 대답할 수 없기 때문이다. 설령 말 한마디, 작은 감정으로 시작된 일이라 하더라도 시간이 지나면 결과는 이미 원인을 초과한 지 오래. 나는 나쁜 사람은 아닌데 이따금 이상한 짓을 한다. 기어이 상대를 울게 하거나 나 자신이 이상감정에 휩싸여 더 이상한 상황을 만들어 내곤 한다. 아, 무엇이 나를 이렇게 만드나?

나른함과 무기력함, 피곤함을 느끼며 일어난 어느 날. 유독 거리의 공사소리가 귀에 거슬리고 신호위반을 하는 차들을 째려보며 차량번호를 유심히 보게 되는 날이 있다. 이런 날은 괜히 누가 말이라도 잘못 꺼내면 잡아먹을 듯 달려들기 쉽다. 왜 그런지는 모르지만 그냥 그런 날이 있다. 지금 막 왜 그런지는 모른다고 썼지만 사실과 다르다. 생각해 보면 알 수 있다. 우리를 사로잡는 감정을 추적할 수 있다. 전날 친구가 흘리듯 한 말 때문에 심통이 났을지도 모르고, 건너 건너 아는 사람이 뭐 좋은 일이 있다더라 하는 말을 듣고 질투가 났을 수도 있다. 잘 사는 집 아이들을 보며 박탈감을 느끼며 새삼스레 흙수저 부모님을 원망했을 수도 있고, 남몰래 짝사랑하던 친구에게 애인이 생겼다는 소식을 들었을 수도 있다. 사소한 감정들이 켜켜이 쌓여 이제 더 이상 어쩌지 못할 상태가 되었을 때 그 감정은 다른 모양을 하고 우리의 일상을 흔들어 놓는다.

우리의 감정을 들여다볼 수 있다면, 그 감정을 표현할 수 있다면 많은 것이 달라질 수 있을 것이다. 몇 해 동안 나를 괴롭혔던 의문의 감정, 수많은 밤 나를 잠 못 들게 했던 염려와 고민들, 표현하지 못한 채 내 속에서 유통기한이 만료되어 사라진 감정들. 그것들을 내가 보살폈더라면, 그것들이 내 삶에서 중요하다는 것을 알았더라면 말이다. 그러나 나는, 우리는, 그런 감정과 순간들을 그냥 지나쳐 보낸다. 어떤 결정적인 순간이 되어서야 "고맙다고 좀 더 자주 말할걸" "사랑한다고 말할걸" "미안하다고 말했어야 했는데" "화라도 내볼걸" 하고 속으로 말한다. 또 지금 막 '어떤 결정적인 순간'이라는 말을 썼는데, 사실 '어떤 결정적인 순간' 같은 건 없다. 모든 순간이 결정적이다. 모든 순간이 중요하다. 내 감정을 표현하고 그 마음을 상대에게 전하는 그 모든 순간이 결정적이고 중요한 순간이다.

『종잡을 수 없는 감정에 관한 사전: 1000가지 감정』은 '순간'에 대한 책이다. 적어도 내게는 그렇게 읽혔다. 아내와 보내는 나른한 오후, 남들은 안 웃지만 나에게만 웃기는 남편의 매번 똑같은 농담, 노부부를 보면서 느껴지는 존경과 부러움, 잘 안 되는 친구를 보면서 드는 묘한 쾌감, 유치한 걸 보고 웃어대는 동료의 낮은 취향에 대해 드는 우쭐함, 중요한 순간에 발견한 셔츠의 얼룩, 1분이 1시간 같은 소개팅자리… 우리가 모두 겪지만 대부분 그냥 넘겨 버리는 '순간'을 기록하고 있는 이 책은 그 순간을 함께 상상하고 이입할 때야 빛을 발한다. 그리고 비슷한 상황에서 저마다 얼마나 다른 감정을 느끼는지 각자의 이야기를 만들 때 더더욱.

주어진 어떤 상황에서 우리가 느끼는 감정은 하나가 아니다. 모두가 같은 걸 보고 눈물을 흘려야 한다거나 모두가 어떤 상황에서 다 함께 박수를 치고 환호를 해야 한다거나 하는 법칙 같은 건 없다. 저마다 각기 다른 역사와 맥락을 가지고 다른 감정의 결들로 각자의 인생을 채워가는 것, 그것이 우리 개개인을 특별한 존재로 만든다.

처음 바다를 보았을 때 어떤 느낌이었는지, 연인과 처음으로 손등이 스칠 때 어떤 느낌이었는지, 자신에게서 부모님과 똑 닮은 구석을 발견할 때 어떤 느낌이었는지, 아마 다 다를 것이다. 오직 나만 알 수 있는, 나만 느끼고, 나만 웃거나 울거나 할 수 있는 이 감정은 우리가 소중히 여겨야 할 우리의 맥락과 역사다. 이 순간, 이 감정이 찾아오는 때를 놓치지 않는 것, 나만의 감정을 발견하고 기억하는 것, 이것이 우리 개개인의 삶을 특별한 것으로 만든다. 남들이 아니라 나에게 특별하고 고유한 삶. 우리가 가진 건 그뿐이고 우리가 할 수 있는 것도 그것뿐이다.

이 책, 『종잡을 수 없는 감정에 관한 사전: 1000가지 감정』을 보고 모쪼록 사람들의 일상이 매일 똑같은 일들의 반복이 아니라 "종잡을 수 없는 감정"으로 가득한, 매번 다르고 기록할 것투성이인 하루하루로 인식되었으면 좋겠다. 우리가 느끼는 감정 자체에는 긍정적인 것, 부정적인 것이 없음을 알고 다만 그 감정을 받아들이고 온전히 느꼈으면 좋겠다. 뭐가 되었든 느끼고 생각하고 의심하고 기록하고 소중히 여기고 기억하려고 애썼으면 좋겠다. 우리가 보고 듣고 말하고 생각하고 싸우고 토라지고 화해하고 웃고 떠들고 혼나고 칭찬받고 감동받고 감탄하고 부끄러워하고 감사하고 놀라고 짜증나고 행복하고 짜릿하고 전율하고 분노하고 소리지르고 사과하고 포옹하고 사랑하는 모든 순간들을 부디 소중히 여겼으면 좋겠다. 오늘은 어제와 다르고, 지금은 그때와 다르고, 모든 순간들은 그 어떤 것과도 똑같지 않으므로. 모두 다른 이 순간들과 감정들이 나를, 우리를 만들어 가므로.

2017년 1월
임유진

종잡을 수 없는 감정에 관한 사전 : 1000가지 감정

지은이 마리오 지오다노 | 옮긴이 임유진

펴낸이 유재건 | 펴낸곳 엑스플렉스(X-PLEX)

등록번호 105-91-96264호 | 주소 서울시 마포구 와우산로 180 (4층 402호)

대표전화 02-334-1412 | 팩스 02-334-1413

초판 1쇄 인쇄 2017년 1월 25일 | 초판 1쇄 발행 2017년 2월 1일

xbooks는 엑스플렉스의 출판브랜드입니다. 이 도서의 국립중앙도서관 출판예정도서목록(CIP)은 서지정보유통지원시스템 홈페이지(http://seoji.nl.go.kr)와 국가자료공동목록시스템(http://www.nl.go.kr/kolisnet)에서 이용하실 수 있습니다. (CIP제어번호: CIP2016032278)

ISBN 979-11-86846-12-4 03800

우리는 이 말을 참 많이 합니다.

"내 마음 나도 몰라."

이 말밖에 할 수 없어서 답답할 때 많으시죠?

미국의 뛰어난 작가 조이스 캐럴 오츠는

"글쓰기가 감정을 창조하기도 한다"는 말을 했는데요.

도무지 종잡을 수 없는 감정을 써내려가다 보면

우리 자신을, 우리의 감정을 문득 이해하게 되는 순간이 옵니다.

그래서 워크북도 준비해 보았습니다.

우리의 감정이 자기에 맞는 언어를 찾도록

하루 10분 질문에 답을 해보는 『감정 노트북』!

감정이 글쓰기를 창조하듯,

글쓰기가 감정을 창조하기도 합니다.

워크북에 대한 정보와 더불어

감정과 글쓰기의 상관관계가 궁금하신 분들은

엑스북스(xbooks)에서 더 많은 책을 만나 보세요!

www. xplex.org

 xplex.org

 @ x_books_1

 @ xplex_

 blog.naver.com/xplex